LE Convoi du Pauvre

et

LE LION DE FLORENCE,

Nouvelles en vers;

PRÉCÉDÉES

D'UN MOT

Sur la Nouvelle Littérature.

PRIX 75 CENTIMES.

PARIS,

CHEZ LES MARCHANDS DE NOUVEAUTÉS.

1843.

Le
Convoi du Pauvre

et

LE LION DE FLORENCE,

Nouvelles en vers;

PRÉCÉDÉES

D'UN MOT

Sur la Nouvelle Littérature.

Oh! que de malheureux, sur le bord de la tombe,
N'ont pas un chien pour les pleurer!

PARIS,

IMPRIMERIE DE GAULTIER-LAGUIONIE,
HÔTEL DES FERMES.

1825.

Un Mot

Sur la Nouvelle Littérature.

Liberiùs si
Dixero quid, si fortè jocosius, hoc mihi juris
Cum veniâ dabis.

Hor., Sat. iv.

On sait que chaque langage, chez les peuples poli-
cés, est sujet à subir de grands changemens, très-
long-temps même après que ces peuples l'ont adopté.
Ces changemens sont ordinairement l'ouvrage de
la civilisation, qui force les hommes à adoucir insen-
siblement leur langage, à mesure qu'elle-même
adoucit leurs mœurs. Viennent ensuite de grands
hommes dont le génie, appuyé du crédit que leur
donne leur réputation, achève de le fixer entièrement, et d'y poser une borne qu'il n'est plus
permis dans la suite à leurs descendans de dépas-
ser, à moins qu'ils ne prouvent évidemment qu'ils
ont raison de vouloir le faire, et qu'ils en savent
plus sur tous les points que ces grands hommes
qui les ont précédés.

S'il en est ainsi, que doit-on penser de ceux qui, sans pouvoir le moins du monde alléguer ces motifs, entreprennent de bouleverser entièrement la langue française, et cela au XIXe siècle, c'est-à-dire quand cette langue a été fixée par les chefs-d'œuvre des Racine, des Despréaux, des Voltaire, et de tant d'autres écrivains célèbres qui l'ont scellée dans leurs écrits d'un sceau glorieux et ineffaçable? Ne peut-on pas dire avec raison qu'ils ont trop légèrement conçu une telle pensée, et qu'ils n'ont pas réfléchi à toute la responsabilité qu'une telle action allait faire peser sur eux? Et cependant, celui qui de nos jours osa donner l'exemple de cet abus, n'avait pas besoin de cette étrange charlatanerie de style pour faire valoir ses ouvrages [1] ; son esprit ingénieux et fécond nous eût assurément tout autant intéressé en bon français que dans le langage qu'il s'est créé : et c'est ce qui le rend plus coupable; car, dès qu'il altérait la langue pour la revêtir d'un jargon qui ne

---

[1] Il n'y a pas très-long-temps qu'un auteur connu mit dans un de ses volumes ces paroles : « *Aux habitants du plus vaste désert po-* « *puleux.* » Quelques jeunes gens malins, qui faisaient partie du *plus vaste désert populeux,* s'amusèrent à les traduire ainsi : « *Aux habitants de la bonne ville de Paris,* » et les mirent en épigraphe, avec la traduction, dans un livre assez gai qu'ils publièrent. Cela rappelait justement la scène du *sonnet* et de *la chanson du roi Henri* dans le Misanthrope : c'était une leçon aussi forte que plaisante que ces jeunes gens donnaient à l'auteur : malheureusement l'histoire ne dit pas qu'il en ait voulu profiter.

(5)

laisse pas d'être séduisant au premier coup-d'œil, surtout de la manière dont il sait le faire valoir, il devait s'attendre que sa hardiesse ne manquerait pas d'être imitée par cette foule d'écrivains du jour qui veulent étendre jusque sur le langage le capricieux despotisme de la mode, et qui saisissent avec empressement tous les moyens de faire valoir ces ouvrages éphémères dont notre siècle est inondé. C'est ce qui est arrivé en effet, comme on peut s'en convaincre en lisant un *Essai sur le Notariat*, dans lequel l'auteur s'amuse à reporter ses lecteurs à la création de l'homme [1], ce qui contraste assez plaisamment avec son sujet, mais ce qui pourtant lui fournit un bel épisode, où il nous peint dans son style farci l'étonnement dont l'homme fut frappé en voyant pour la première fois la séduisante compagne que Dieu lui a donnée : « Quelle fut, dit-il, sa surprise lorsqu'il con-« templa ces cheveux plus noirs que le jais, ces « bras potelés et blancs, cette bouche d'où mille « soupirs langoureux s'échappaient pour s'élever « vers le ciel, etc. » J'avertis que je ne rapporte pas ici les propres paroles, mais seulement les idées ; car les lecteurs croiraient sans doute que j'altère le texte si je transcrivais ici tous les passages de ce

---

[1] Ne serait-on pas tenté de lui rappeler le passage de la comédie des Plaideurs où Dandin dit en bâillant à L'Intimé :

Avocat, ah ! passons au déluge !

genre, et il vaut mieux les renvoyer au livre même. Il faut avouer qu'un homme de bon sens, à qui on lirait tous les jolis épisodes qui se trouvent dans ce livre, serait bien surpris d'apprendre qu'ils font partie d'un *Essai sur le Notariat*. Cependant il faut avouer aussi que l'on doit des encouragemens à un jeune notaire qui s'efforce de bannir la barbarie de style qui a régné jusqu'à présent dans les actes civils, pour lui substituer le style poétique et fleuri qui est aujourd'hui si fort à la mode ; et ce n'est pas un léger agrément de penser que nos petits-maîtres et nos dames du bon ton pourront suspendre la lecture d'un roman du jour pour parler d'affaires avec leur notaire, et même lire un contrat de mariage, sans se trouver trop dépaysés.

Cependant, à parler sérieusement, on ne peut que rendre justice aux bonnes intentions de l'auteur de cet *Essai* : et si je me permets ici des plaisanteries sur son style, ce n'est que pour lui faire voir qu'il ne peut qu'être ridicule et préjudiciable au bon goût de se faire le disciple des novateurs en ce genre.

Quoiqu'il en soit, j'exhorte instamment les jeunes gens qui s'adonnent aujourd'hui aux lettres à ne pas se laisser entraîner à une manie qui déshonore notre langage, et qui passera bientôt comme toutes les choses hors nature. Laissons aux zélés partisans de la nouveauté, aux amateurs passionnés du romantique, le soin de la soutenir dans leurs écrits, et souvenons-nous qu'une langue qui a enfanté la Henriade et Athalie ne peut plus que retourner en arrière quand on voudra la changer.

Quant à moi, qui ne me crois en cela que l'écho de ceux qui ont encore quelque goût et quelque bon sens, il me reste à m'excuser auprès du public de venir l'importuner de deux pièces de vers dont je suis bien sûr qu'il ne se souciera guère, et dont j'ai le premier reconnu les nombreux défauts, sans avoir pu cependant réussir à les corriger convenablement; mais je dois déclarer aussi que je ne suis point auteur, et que je n'aspire point à l'être, attendu que je ne possède aucun des talens nécessaires à cette profession; tout ce que je puis donc alléguer ici pour mon excuse, c'est que j'aime l'étude, parce que je suis dans l'âge où ses attraits se font vivement sentir à l'esprit; que le mien aime à se nourrir des modèles que nous ont laissés nos grands maîtres en littérature, et que je n'ai pu supporter l'idée que l'on songeât à les rendre étrangers parmi nous en altérant un langage qui a servi d'organe à leur génie, et qui par cela seul doit être désormais sacré pour nous. J'ai donc cherché à attirer les regards du public sur ma protestation, par quelque bagatelle qui lui offrit une apparence d'intérêt ; c'est une petite charlatanerie dont je lui demande encore excuse , mais qui était peut-être le seul moyen de lui faire parvenir ma *boutade* contre la nouvelle littérature.

Le Convoi
Du Pauvre.[1]

Le voici, ce lieu de douleur,
Où, séparé de la nature,
L'homme attend, dans la sépulture,
L'instant d'un éternel bonheur.
En vain des ans il fuit l'injure,
En vain l'espoir, adroit flatteur,

[1] Quoique je n'attache pas la moindre importance au titre d'auteur de cette pièce, je dois cependant avertir ici qu'en ayant lu un fragment assez considérable dans plusieurs sociétés, beaucoup de personnes voulurent bien le trouver assez intéressant pour me prier de leur en laisser prendre copie; ce que je ne jugeai pas à propos de leur refuser, ne prévoyant pas que je dusse un jour le livrer à l'impression. Aujourd'hui donc que cette pièce paraît au complet et avec de grands changemens, je prie les personnes qui en auraient gardé d'anciennes copies de vouloir bien se rappeler que ce morceau appartient à celui qui le publie ici.

Hélas! pauvres poètes, à quels désagrémens n'êtes-vous donc pas exposés, puisque dès la première fois que je publie quelques vers, je suis obligé de prévenir une accusation de plagiat! Disons bien vite avec le révérend père Mourgues, jésuite:

De tous les métiers le pire,
Et celui qu'il faut élire
Pour mourir de male faim,
C'est à point celui d'écrire:
Adieu vous dis, triste lyre!

Lui cache une fin toujours sûre,
Trop tard il connaît son erreur!
Bien souvent, lassé de la vie,
Il dit n'avoir plus nulle envie
De prolonger son avenir;
La mort paraît son seul désir;
Et quand sa carrière est finie,
Il se plaint de trop tôt mourir.
Mais alors, quand tout le délaisse,
La terre encore à sa faiblesse
Ouvrant un asile sacré,
Protége le pauvre ignoré,
Et celui pour qui la richesse
Semblait un rempart assuré.

Toi dont la tombe fastueuse
Veut, même au-delà du trépas,
Insulter la fosse honteuse
Du pauvre que tu n'aidas pas;
Va, crois-moi, d'un luxe inutile
Tu pares ton dernier asile,
Tu n'y recevras point de vœux :
Et tout le luxe de la terre
N'ornera pas tant cette pierre
Que les larmes du malheureux...
Eh! que te sert cette richesse?
Sous le poids pompeux qui te presse,
Es-tu plus animé que lui?
Orgueilleux! lorsqu'à sa faiblesse
Tu pouvais prêter ton appui,
Ton regard fuyait sa détresse,
Son aspect faisait ton ennui;

Inexorable à sa prière,
Tu repoussais sa faible main,
Et pour mieux orner ta poussière,
Tu l'as laissé périr de faim !

Mais qui vient troubler le silence ?
Qui vient dans ce séjour de mort,
Rompre le nœud de l'existence,
Et se mettre à l'abri du sort ?...
C'est le convoi de l'indigence,
La dépouille du malheureux,
Qui vient, fort de son innocence,
Se recommander à mes vœux.
Que vois-je ? rien ne le devance...
Un chien seul... ô honte ! ô douleur !
Un chien... seul ami du malheur,
A pas lents, suit, tête baissée,
Ce char, objet de sa pensée,
Dont il est le seul protecteur...

Hélas ! il pleure un bienfaiteur,
Compagnon de son infortune,
Il l'a suivi jusqu'au tombeau ;
Lui seul, au bord de ce caveau,
De ses cris que rien n'importune
Fera retentir ce côteau.
Viens, esclave de la fortune,
Ose contempler ce tableau ;
Va montrer aux amis du monde
Ce spectacle pour eux nouveau.

Hélas ! cette fosse profonde
Va recevoir l'infortuné...
Le chien gémit, s'élance, gronde,

Et, l'œil vers la terre incliné,
Sur ce cercueil abandonné
Semble attendre qu'on lui réponde...
    « Tes cris me déchirent le cœur;
« Ils appellent en vain ton maître;
« Ce triste objet de ta douleur,
« Pour toujours il a cessé d'être...
« Adieu... Mais hélas! quand pour moi
« Viendra sonner l'heure dernière,
« Ah! sur ma tombe solitaire,
« Qui viendra pleurer comme toi? »
    En vain alors ma main tremblante
Veut flatter l'animal mourant;
Bientôt, d'une voix défaillante,
Poussant un sourd gémissement,
Vers le funèbre monument
Il penche sa tête expirante...
    Ah! fuyons ce spectacle affreux,
Fuyons l'horreur qui m'environne;
Allons pleurer en d'autres lieux
Deux êtres que tout abandonne;
Qui tous deux viennent d'expirer
Sous cette mort qui les moissonne,
Et qui n'a pu les séparer [1].

[1] Je me reprocherais de quitter ce sujet sans rendre hommage à l'artiste dont l'ouvrage me l'a dicté. Son touchant tableau a fait couler bien des larmes que mes vers ne renouvelleront pas : mais ils rappelleront du moins un moment d'émotion qui n'est pas sans charmes pour ceux qui ne rougissent pas des pleurs que leur arrache l'image d'une situation déchirante, mais qui n'est que trop commune parmi nous.

Le Lion

De Florence.

Subissant dans Florence un honteux esclavage,
Le monarque des bois, trahi par son courage,
Voyait un peuple avide, ennemi du malheur,
Insulter chaque jour à sa sombre douleur.
Il méritait pourtant qu'on plaignît sa misère;
Du sort qu'il subissait victime volontaire,
Pour ravir sa compagne à la captivité,
Il avait immolé sa propre liberté...
Mais à quoi lui servait son noble sacrifice?
Sa compagne, de l'homme ignorant l'artifice,
Du souverain des bois ayant perdu l'appui,
Serait bientôt, peut-être, esclave comme lui...
C'est en vain que quittant son antre solitaire,
Elle appelle l'époux dont elle était si fière;
Sa douleur se répand en regrets superflus...
Le roi de ces forêts ne les reverra plus.

Cependant, près de lui tout le peuple s'empresse;
On admire à la fois sa force et sa noblesse;

Mais son œil , ou se peint une sombre fierté ,
Semble alors présager quelque calamité...
Chacun tremble en voyant son épaisse crinière
Sur son col agité se dresser toute entière ;
Il rugit, et sa voix, signe du désespoir,
Annonce qu'on doit craindre , et qu'il n'a qu'à vouloir...
Bientôt, armant son corps d'une vigueur soudaine ,
Loin de lui tout-à-coup il fait voler sa chaîne...
Peuple , tremble à ton tour ! le lion s'est échappé !

Dieu ! qui peindra l'effroi dont leur cœur est frappé !
Quel désordre, quels cris, et quel danger terrible !
Mais à son tour aussi le lion est insensible ;
Il court, dévore , écrase, et sur des corps sanglans
Promène sa vengeance et ses pas triomphans.

Une femme... grand Dieu ! quel coup pour une mère !
Précipitant ses pas, que la crainte accélère ,
Voit son fils, ô terreur ! échapper de ses bras !
O mère ! il ne vit plus ! tu ne l'espères pas...
C'en est fait , il saisit la faible créature ;
Sa gueule attend déjà cette horrible pâture ;
Malheureuse ! Ah ! crois-moi, ne tente point le sort...
Fuis... Mais quoi ! ton courage a donc bravé la mort !
O transport héroïque ! admirable nature,
Qu'il est hardi le cœur qui ressent ton murmure !
Cette femme, affrontant l'animal en courroux,
Accourt, et devant lui se jetant à genoux :
« Arrête, arrête, hélas ! c'est moi qui suis sa mère !
« Arrête, écoute au moins mes cris et ma prière ;
« Rends-moi, rends-moi mon fils ! » O prodige inoui !

L'animal à ces mots semble avoir obéi ;
La voix du désespoir a désarmé sa rage ;
Ses yeux ne brillent plus de la soif du carnage ;
Et contemplant la mère immobile à son tour,
Il remet dans ses bras l'objet de son amour.
Alors il recommence à semer l'épouvante,
Et poursuivant les pas de la foule tremblante,
Armé de son bienfait, libre encore une fois,
Il rejoint pour toujours sa compagne et ses bois.